·第一

补血草

尹学芸 著

隔膜 和解 守候

从历史深处打捞人与人的情感的来路与去路

两三代人，半个世纪，从内地到边疆，从家国情怀到宗族血脉，小说纵横捭阖，呈现了一个漫长的历史阶段，也涵盖和浓缩了人类若干种情感方式。桂二奎和屯屯的兄妹情谊与父辈『支边』的历史相叠加，显示出以亲情作为纽带实现的历史与现实的和解。在历史的长河中，这些人物或许微不足道，但正是这些渺小的人物，完成了个体情感与纵深历史的不同限度的叙述，照亮了隐秘的伤痕与幽微的内心。

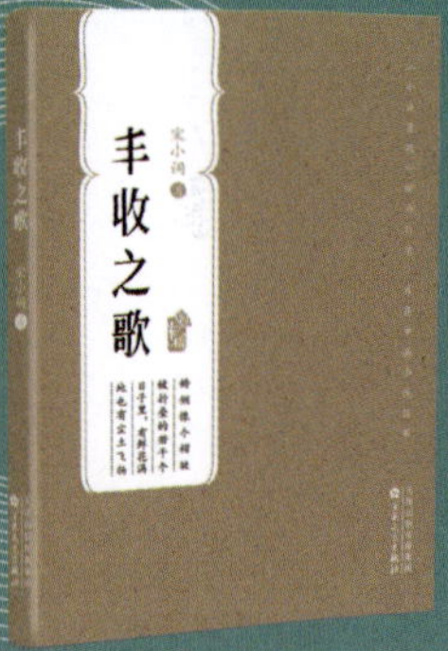

丰收之歌

宋小词 著

婚姻像个褶皱，被折叠的若干个日子里，有鲜花满地也有尘土飞扬

这是一个在作者心里埋藏了很多年的故事。一对夫妻结婚多年没有孩子，丈夫和婆婆背地里找人『借腹生子』，妻子不能忍受丈夫的蔑视与侮辱，愤然离婚。离婚后，妻子发现自己怀孕，一场生死大戏上演。婚姻、生育、女性，是这篇小说的关键词，宋小词将目光放在为了生育甘愿遭受种种磨难的女性群体中，观察着婚姻里隐藏的人心与算计，于波澜不惊的表层拉开一道道血口，试图表达一种来自女性的困惑与迷茫，在社会的重重压力之下，努力寻找个体的意义与价值，在室息与挣扎中完成自我救赎。

去巴林找一棵树

肖勤 著

一个医生的故事　唯爱与希望能润泽生命之树

血液科医生黄栀子患上了血液病，想在临终前把孩子托付给一个可靠的人，但同事、初恋、前男友，都让她失望了。工作上的搭档兼领导让她去看一棵树。她在巴林的沙漠中找到了这棵活了百年的树，黄栀子终于明白，比起放弃的勇气，生命更需要拼搏的信心与决心。小说探讨生命与死亡、爱与守护，对活着的期盼就像黑暗中遥远的一盏灯，在远方闪烁，构成生命的曙光。在死亡面前，生命愈发香浓，热烈。关于爱，关于情，关于生命，在一棵树那里找到了答案。

橡皮擦

范稳 著

人生暮年的特别价值
水落石出的别样高贵

这是一桩未遂的入室抢劫案。装修工人白金华、白银华兄弟因生活所迫，进入患有阿尔茨海默病的独居老人家中，意欲抢劫。老人是前公安局局长，前半程人生的英雄记忆与现实生活中的动辄出错在大脑里产生复杂的碰撞。老人远在万里之外的女儿通过监控器紧张地观察着两个陌生人。范稳进入失忆人的内心世界，在一个即将走到生命终点的老人身上，呈现出亲情、责任、尊严、宽恕和爱，同时，关照那些游移于城市中被忽视的群体，对社会阶层、城乡差距等诸多问题发出了深刻的思考。

海里岸上

林森 著

经略海洋 逐梦深蓝

中国的『老人与海』

小说以一个海南渔村的今昔为出发点，以两代渔民的生活对比、心灵对话为结构，勾勒出浓烈的南海记忆，林森有意识地将渔民在海里、岸上的故事交错并置，相互穿插，迭次推进，展开一个深刻、广阔的海洋故事。渔民老苏出海时的勇敢、处置危险时的谨慎、对大海的敬畏以及讨海求生的艰险、海上相思的孤苦、对海洋精神的坚守，在林森笔下一一生动铺陈开来。面对日复一日涨潮与退潮、海浪相似却从不相同的声音，身处孤岛的人，努力与海洋、世界对话，想看清海水下沸腾着怎样的火焰。

一水三浪

胡学文 著

一个人的 1980 年代
青春的囚禁与出逃

《一水三浪》讲述了青年阮平成长过程中遭遇的错位人生。他的三次离家出走和归来，构成了小说情节的坐标点。父亲的意外去世、婚姻的恐惧、事业的选择，他被动地为生活俘获，琐碎令他窒息，无法忍受，选择了『躺平』。小说在绵密的叙述中凸显了阮平戏剧化的人生，以似真亦幻的叙述手法，表现了他对生活的迷茫与无助。每个人经历的生活都是片面的、有限的，甚至是琐碎的、冗长的。胡学文呈现出理解人生的另一种途径，对如何追求生活和人生的意义进行了立体的、多方位的探索。

大震

卢一萍 著

逃亡与回归
秩序的颠覆与人性的救赎

一个即将被执行死刑的人，因突然的地震导致所在的看守所垮塌而有幸逃脱，他怎么面对自己的处境？他能否获得救赎，又如何获得救赎？这是卢一萍试图回答的问题。即将被执行死刑的陈尔璧、管教民警谭乐为和即将刑满释放的惯偷杨耀东在汶川大地震中幸存下来，三人的命运由此被紧密地捆绑在一起。面对一片片废墟和漫天遍野的哀号，陈尔璧在逃脱与拯救的边缘不断地挣扎、徘徊。这不仅是一个『逃亡与回归』『人性的救赎』的故事，更是作者于特殊时刻下的冲突、极致情境下的纠葛之中对人性与伦理的考验与追问。

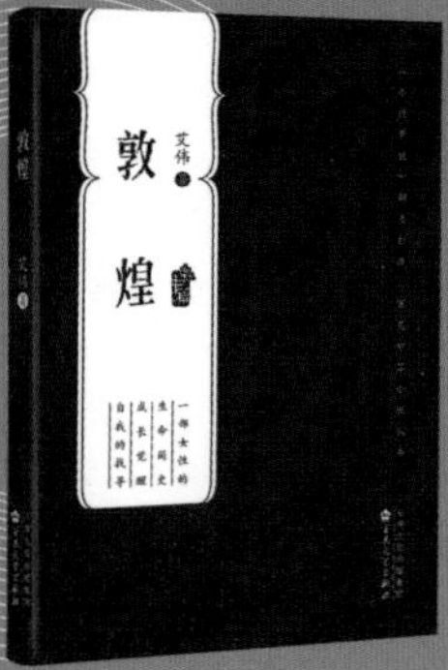

敦煌

艾伟 著

一部女性的生命简史
成长觉醒自我的找寻

青年夫妻陈波与小项的婚姻与感情生活是文本的叙述中心。二人有共同的生活，互相支持，精神上却时而独立，相通较少。小项成了自己生活的『局外人』，最后去敦煌寻找精神慰藉。小项的觉醒展现了女性意识清醒与独立的过程，她冲破各种阻挠与困难，寻求真实的自我，得到了收获与成长。艾伟以其悲悯的情怀关注现实，还原两性关系中的互动、僵持与拉锯，挖掘其中女性角色的内涵与深度，在个体的具体处境中，关照女性面临情感困境的行为选择，完成了对性别与秩序的想象与建构。

骨肉

马小淘 著

日积月累
爱的另一种含蓄表达

《骨肉》讲述人与人之间的羁绊、日积月累的相处、深沉真挚的情感。十二岁那年，我的母亲和一个男人私奔了，我被告知那才是我的亲生父亲，我叫了十二年爸爸的人，和我没有血缘关系。爸爸依旧是我的爸爸，我们像一对真正的父女那样，斗嘴、较劲、相依为命。横亘的尖刺终会消融，于漫长相伴中滋生出浓厚亲情，不是血亲，胜似骨肉。马小淘赋予这对父女独属于他们自己的有点冷硬的表达方式，将深挚的情感埋伏在坚硬、平淡的日常里，含蓄却浓重。

过香河

张楚 著

异乡人的身份焦虑
北漂小人物的踉跄前行

这是对已知世界里『未知世界』的书写尝试。为了遗忘或者铭记，辞去公职的中年人来到一座陌生的城市，开始他想象中的新生活。在这里，他遇到了自己的外甥，一个做小本生意的年轻人，他并不渴望了解外甥，只是被动地不停卷入外甥的生活旋涡。而外甥也没有与舅舅交流的渴望，他们是并不太陌生的陌生人。舅舅作为冷静的旁观者和转述者，看着外甥踉跄前行。两条平行的直线在同一个平面内延展，谈不上希望，也谈不上奢望。这是两代『北漂人』对异乡生活的希冀与坚守。

猎猞

老藤 著

重新打量动物
和谐优美生命共融

《猎猞》是老藤“动物文学”书写中又一位新的成员。金虎和胡所长之间的矛盾冲突是老藤展开叙述的关节点，于对立统一中尽显儒家文化中以“仁”为核心的人文精神，赞扬了两个立场不同的主人公身上对于各自信仰的坚守，生动阐释了两种富有理想情怀的人格，探讨了人与动物、人与人之间的情感关联。善待野生动物不仅仅关乎生态保护，更关乎人对自我心灵的救赎。生命有灵，只有互相爱护，才能生生不息。

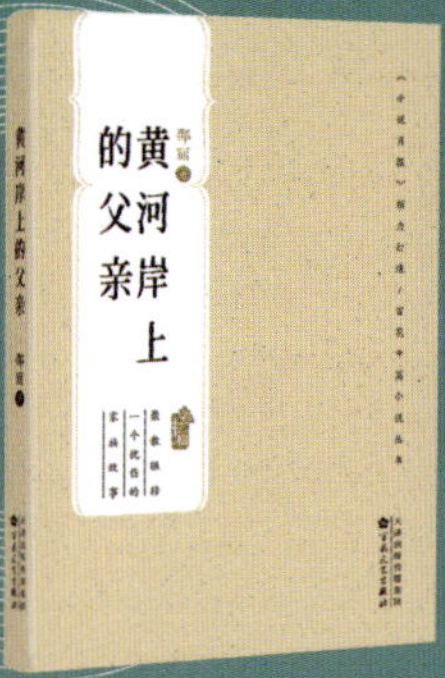

黄河岸上的父亲

邵丽 著

聚散辗转 一个忧伤的家族故事

流转的历史岁月，变迁的地理空间，小说致力于回到彼时彼地，回到人物心灵隐秘幽微之处。『我』从深圳回郑州处理父亲入葬事宜，其间复杂交织的父母的往事、大姐的自私、二姐的隐忍、我的无奈和弟弟的懦弱，被逐渐放大。父母之间的张力和博弈，给孩子们的心灵带来长久的伤害，对人生的成长形成了不可磨灭的影响。人生微如草芥，爱与恨却在代际之间传递。小说构成了一幅疼痛而真实的人间烟火图景，点亮了普通人的光荣与梦想。

甘草之味

刘建东 著

大潮中的幽微
多声部里的回味

这是一部以改革开放为时代背景的小说，以『我』的小姨父秦大贵和『我』的父亲董耀先的不同命运轨迹为线，穿起了一幅充满人间烟火气的画卷。『我』的小姨父秦大贵是一位从一无所有的境地中摸爬滚打出来的农民企业家，人情练达；『我』的父亲董耀先则是一位通过自修成为医生的知识分子，性情清高。一『邪』一『正』两个人物的命运在时代变迁的洪流中，起起落落，时而并行，时而交错。小说以引人入胜的情节、细腻诙谐的语言，展现出改革开放时代中不同领域人物的奋斗与成长。

书匠

葛亮 著

甘心暮鼓晨钟兀兀穷年
落寞书匠的理想主义

《书匠》以一南一北两位古籍修复师为叙事中心，既表现了『修书匠』这一群体以书会友、以书交友的价值取向，也关照了他们各自守持的学养、对理想主义的追求以及对工匠精神的传承。葛亮在细节中凝结质地、蓄积力量，借『古籍修复师』这样一个在历史长河中逐渐消弭的职业，以古今、中西两种文脉渊源进行跨度化的对照，表达了对文化承继以及中西文化碰撞的思考。

·第三辑·

天花乱坠

郑小驴 著

真实 魔幻

任性笔墨里的楚地生活

《天花乱坠》以现实主义为基础，构造了一个自成一体的小世界。故事的背景是一个叫水车的村庄，郑小驴塑造了在这个村庄生活的各色人物群像，比如『我』、二叔、细妹、春华、二先生、三窖、水莲、米花等，讲述了人物之间形色各异的故事。大部分时候，这里与世隔绝，是一个独立的世界，偶尔会与外界相通，被外界震荡。一幅万花筒式的乡村图景在作家笔下徐徐展开，有过去，有当下，既写实，又充满想象。

何秀竹的生活战斗

刘汀 著

跨越、漂泊、抉择
一个女人的城乡际遇

这是一部女性的成长史，从多重线索、多个角度叙述了主人公何秀竹各个阶段的人生经历，她面对生活毫不退缩、越战越勇。刘汀给我们带来了一个在现代城市背景下，面对种种压力与满地狼藉，依然可以打起精神，有无限的力量与生命力的鲜明的女性形象。在万千表象之下，生活的真实与细节尽在其中。在展示广阔的社会时代图景的同时，人物命运与外部世界的关联也得到生动呈现。

我需要和你谈谈

裘山山 著

对峙智能丧失，来自灵魂的顽强的孤独的抵抗

《我需要和你谈谈》以与一个隐形的、未曾露面与发声的人对话结构成文，在倾诉与回忆中完成故事。父母突然离婚，引发了家里的动荡。在回溯离婚事件与深究背后原因的过程中，发现一向好强、聪慧的母亲患上了阿尔茨海默病。母亲并未放弃对心智的训练与驾驭，井井有条地安排家庭的经济分配、伴侣的生活以及自己的归宿。小说以独特的叙事结构，关注患阿尔茨海默病的老年人的心理流动状态，以积极明亮的底色，成功地塑造了一个不屈、不凡的灵魂。

我们的娜塔莎

蒋韵 著

无法被湮没的美
庸常生活中的传奇

这是娜塔莎的凄美的人生故事。娜塔莎随丈夫远嫁他乡，多年后丈夫去世，儿子意外伤残离家出走，娜塔莎孤身一人生活在陌生的城市。杜若与姜友好因爱慕娜塔莎的儿子，与娜塔莎有了交集。为宽慰这位母亲，她们一起外出郊游、切磋厨艺。娜塔莎因病离世，这座城市却有了一家名为『我们的娜塔莎』的餐厅。蒋韵从庸常的生活中提炼传奇，以诗意的笔触回望过去的年代，以缠绵悱恻的笔调打造爱之坚贞，用欲说还休的口吻描画生活之痛，文本充溢着浪漫主义气息。

我父亲的奇想之屋

韩松落 著

寻找父亲的温暖故事

一段少年的奇幻之旅

这是一个于奇幻的想象力中建构的与现实世界相联通的异度空间。父亲在我很小的时候突然消失，消失的前一年，他带我去一座小楼，说这座楼由他设计，其中隐秘嵌入了三个房间，外人无法发现。后来再去，我果然找寻不到曾经进入的房间。长大后，我遇到许丽虎，得知不止我们二人有相同的经历。我们踏上了追寻父亲故事的旅途。一场地震之后，我们走出避难所，终于在铺满月光的草地上见到了父亲。小说想象奇崛，虚实相生，又充满温情，动人心弦。

挪威槭

郭爽 著

一段计划外的
俄罗斯之旅
得以把爱和记忆熔铸

一对父女开启了计划外的俄罗斯之旅。父与女的关系变幻交迭，在时空的碎片中重组。父母婚姻解体后，母亲远嫁国外，父亲与女儿相依为命。女儿恋爱后离家，父亲独自生活。现在，女儿失恋了，父女俩踏上了这次旅程。长大了的女儿在父女关系中自觉担当起保护者的角色。在主线之外，小说又延伸出其他的枝条。《挪威槭》情感炽热浓烈，绵密饱满，亲情、爱情、友情激荡在明快深情的叙述中。

侵蚀

梁鸿 著

生命是如此复杂
每个人都深陷其中

梁鸿以悲天悯人的情怀，叙说了小人物的沧桑以及生活的琐碎。文本以杨有胜述职的前一天为叙述空间，讲述了他惨淡的人生遭遇。杨有胜总是在夜晚见到曾经出现在他生命中的人，这些既真实又虚幻的人，堆砌起了他落魄又无意义的生活。《侵蚀》以小见大，深刻剖析了长期生活在安稳、舒适的环境下，面对挫折时胆怯、脆弱，沉迷于虚无与痛苦之中不可自拔的进入中年危机的男性的心理状态。

巴桑的大海

海勒根那 著

有蓝天的地方就有信仰
有大海的地方就是故乡

这是一个博大、悲悯、庄重的草原故事：巴桑以残缺之躯，一次又一次地挣脱惨淡命运的牢笼，唱出冲破桎梏、顽强生长的长歌。巴桑向往父亲的伟岸和大海的宽广，将自己的生命锻造的无比坚韧，他同情弱者，悲悯生灵，他给残缺以完整，给失去以复得，给屈辱以尊严，给辽阔世界的万物以更多的温暖和善意。海勒根那以跌宕起伏又从容严整的精妙结构、出人意料又得其圜中的叙事方式、丰沛深沉的情感与极富诗意的细节，宣扬只有爱，会成为灯火、力量和永恒的归途。

或有故事曾经发生

鲁敏 著

虚构和非虚构相互证伪拆解，记录这斑斓而广阔的现实世界

小说以新媒体记者调查突发事件为内容，将『十万+』的故事拆解回素材本身与日常状态，并借此对非虚构写作的叙事套路进行戏仿。一个女孩选择了另外一种生活方式，一个网络媒体写作者想深挖此题材，借此写出一篇爆炸性的文章，通过对事件的采访调查，呈现出不同层次鲜活多样的生活场景，对高速发展的现代经济和网络社会中人们精神世界的迷茫、情感的空虚进行反思和探究。借一次失败的媒体调查，鲁敏完成了对生活与叙事、真实与虚构的小说写作方式的探讨。

冻土观测段

董夏青青 著

和平年代军事斗争素描
打捞英雄的凡人面相

在高原冻土之间、在祖国的边境线上，戍守士兵许元屹在一次激烈的冲突中壮烈牺牲，战友们在他衣袋里的烟盒上发现了他留下的简短的家书，记录了他身为一名士兵的自豪。许元屹的去世引发了战友们的悲伤，更促使他们重新思考与自己关联的一切事物。『许元屹』不仅是一个人名，一个人物，更成为一种象征，一种信仰，董夏青青通过许元屹的选择与高尚气节，表现了戍边官兵保卫家国的英雄情怀。

百花中篇小说丛书是一个开放的出版工程。作家朋友，请加入到我们当中来，我们一起创造。读者朋友，请加入到我们当中来——请你们指点，能够称之为我们灵感的，事实上是你们的高见。

中 / 国 / 中 / 篇 / 小 / 说 / 单 / 行 / 本 / 专 / 家

百花中篇小说丛书

上架建议：小说

ISBN 978-7-5306-8308-8

天津出版传媒集团
百花文艺出版社

定价：720.00元